아버지의 기도

아버지의 기도

· 사랑하는 나의 세 아이와 세상 모든 아버지께 바치는 편지 ·

노희현 지음

좋은땅

"너 혼자 세상을 바꾸려 애쓰지 마라!

낮은 자세로 그들의 목소리를 경청해라!

독주하지 말고 그들과 함께 걸어라!

그러면, 너의 꿈에 한 발짝 다가설 것이다.

그것으로 만족하고,

그다음은

너의 아들딸들에게 배턴을 넘겨라!

그들의 몫까지 네가 책임질 수도,

책임져서도 안 된다.

그게 바로 세상이다.

네가 꿈꾸는,

모든 이가 사람답게 살아갈 수 있는

그런 아름다운 세상..."

2006년 KBS1 '우리는 꿈꾸러기' 특별 생방송 촬영차 청와대 초청 방문 후 고(故) 노무현 대통령과의 짧은 독대에서 불의에 타협하지 못하고 질주본능만 앞선, 무모하리만큼 바보스런 저자 노회현에게 노무현 대통령께서 들려주신 충고 말씀 중에서...

프롤로그

대학교 1학년, 지금 큰아들 수민이 나이에 저는 우리 수민이를 낳고 아버지가 되었습니다. 가난에 찌든 대학생은 너무나 어린 나이에 부모가 되어, 새벽엔 어묵 공장에 나가 창고에 가득 쌓인 비린내 나는 물고기 산에 삽질을 하고, 이른 아침엔 신문을 돌리다 수업이 시작된 지 한참이 지난 후에야 겨우 강의실에 몰래 들어가 엎드려 자는 게 일상이었습니다. 저녁이 되면 학원 강사며 과외를 하다 한밤중엔 술집 주방에서 안주를 만들고 다시 새벽이 되어서 집에 잠깐 들러 잠들어 있는 아들의 얼굴을 보며 하루하루를 버텨 냈습니다. 그 시절, 새벽에 녹초가 된 몸으로 우리 수민이를 바라보면서 수첩에 끄적거려 쓴 시가 떠오르네요.

눈 속의 행복

깎아 놓은 듯한
사각의 어두운 건물 안에서
한 무리의 고통받는 사람을 보았습니다.

고통을 이겨 보려 애쓰는 사람
고통을 참지 못해 쓰러지는 사람

무리 속,
고통받는 사람들 중에서
삶의 무게에 지쳐 쓰러져 가는 사람들 중에서
저는,
저 자신을 보았습니다.

그에겐,
잊고 지낸 행복이 있었기에
그에게 밝게 웃는 아기의 미소를 보여 주었고,
또랑또랑한 그 아기의 목소리를 들려주었습니다.

그의 몸은 녹초가 되어 흐느적거려도
그의 눈 속엔
어둠의 문을 부술 수 있는 힘이 있었습니다.
그의 눈 속엔,
사랑하는 아이의 밝게 빛나는 행복이 있었습니다.

저자의 시집《오답노트》중에서

이번 시집은 그 시절, 애틋했던 아버지의 마음을 담아내기로 했습니다. 20여 년의 시간을 거슬러 올라, 어리고 철이 없던 아버지에서 지금 중년을 넘어 노년에 다가가고 있는 아버지의 마음으로 아이들과의 행복한 추억들을 떠올려 가며 이 시집을 엮었습니다.

이 시집이 대한민국 모든 아버지들과 그들의 소중한 아이들에게 꿈과 희망을 안겨 주기를 간절히 소망합니다.

추천사

(전) 두산그룹 회장 박용현 박용현

브레이크가 없는 삶, 시작하면 멈추는 법을 모르시는 분, 가던 길이라 마저 간다며 해맑게 웃는 어린아이 같은 사람. 노회현 선생님을 전, 그렇게 기억하고 있습니다. 노선생님의 《아버지의 기도》 출간을 다시 한 번 진심으로 축하드립니다.

노사모

노회현 회장님은 일평생을 사회 약자들만을 위해 헌신해 오신 분입니다. 《아버지의 기도》 시집을 보니 노회장님께서 사회에 헌신하시는 동안 힘들어했을 회장님 가족들의 눈물이 눈에 선합니다. 이제는 그 무거운 배턴을 후임들에게 물려주고 가족의 눈물을 닦아 주는 아버지 역할로 돌아가시기를 바랍니다.

산정현 임성자 목사

노선생님의 따뜻한 마음과 넘치는 사랑은 상처받은 많은 이들의 몸과 마음을 치유합니다. 그런 우리 노선생님의 선한 씨앗이 앞으로도 많은 열매를 맺기를 온 맘을 다해 오늘도 기도합니다. 임마누엘!

EBS 교육방송 사회공헌팀

교수님의 일상 하나하나에 진정한 용기가 뭔지, 진정한 삶의 가치가 뭔지 다시 생각하게 만들어 주시는 노교수님의 《아버지의 기도》 시집 출간을 진심으로 축하드립니다. 노교수님의 돈키호테 같은 무모한 도전들이 이 시대를 밝히는 꺼지지 않는 희망의 등불이 되리라 굳게 믿습니다.

정현 스님

일평생 동안 힘겨워하는 이들을 돌보시느라 정작 자신을
위해서는 아무것도 하지 못한 바보부처 노회현. 보살님과
의 인연이 부처님의 뜻만 같아 매일매일 노선생님과 그의
세 자녀를 위해 축원을 드리고 있습니다. 이들의 앞날에 항
상 부처님의 은덕이 함께 하기를 바랍니다.

청보모 목사 김우선

어려운 아이들을 위해 일평생을 바치신 '청소년 보금자리
쉼터'의 영원한 별, 노회현 선생님의 《아버지의 기도》시집
출간을 진심으로 축하드립니다. 선생님의 세 자녀들도 세상
을 밝히는 따스한 별들로 밝게 빛나기를 기원하겠습니다.

차례

1부 기도

1부

기도

아버지의 기도

바위가 아닌 흐르는 물처럼 살아라

대나무가 아닌 흔들리는 갈대처럼 살아라

네가 움켜쥔 게 뭔지 모르거든
네 움켜쥔 손부터 펼쳐라

네가 움켜쥘 게 뭔지 모르거든
너 자신부터 먼저 내려놓아라

부디 너희들만은
너 자신을 귀하고 소중하게 살다 가거라

너희 덕에 참 행복한 인생이었다

신

그동안
신은 한 번도 나의 기도를 들어주지 않았다

그래서
그 이름뿐인 신을 거부하고 원망도 많이 했었다

그래도
난,
남겨질 내 아이들을 위해
또 부질없는 기도를 드려 본다

반드시
신을 대신해 너희들 앞길을 밝혀 줄 천 개의 달을 띄워
주고 떠날게!

사랑은

사랑은,
쌍방향이다
일방통행이 아니라…

그런데…

난, 일방통행도 오래 버티다 보면
지구가 한 바퀴 돌 때쯤,
쌍방향이 될 거라 믿고 살아왔다.
바보처럼…

난, 그렇게 바보처럼 살아왔다
오늘부로 못난 일방통행을 멈추고
유턴을 결심했다

그만…

나와
나와 관련된
모든 걸 잊기로 했다…

소중한
나의 아이들을 위해…

아빠,
너희들만 있으면 된다

사랑한다
영원히…
너희들만을…

아빠니까

아빠는 강하다
그러나
때론,
아빠는 비겁하고 비굴하고 무릎을 자주 꿇는다

왜냐하면,
너희들을 지켜 내야만 하는
아빠니까…

욕심

요즘 자꾸 욕심이 난다
우리 딸랑이 어떤 남자랑 첫 데이트를 할까?
우리 딸이 좋아하는 그림 그리는 직장에서
인정받는 모습!

우리 딸만을 좋아하고 우리 딸만을 사랑하고 아껴 주는
남자랑 행복하게 사는 모습!

우리 딸랑의 꼬물이들을 하루 종일 돌봐 주고도 할아버
지가 돼서 외손주들한테 하루 종일 핸드폰 게임만 시켜
준다고 내 딸랑한테 잔소리 듣는 그런 행복한 상상을 해
본다

그런 날을 내가 맞이할 수 있을까?
내가 이런 욕심을 부려도 되는지 모르겠다…

부디

지금껏,
아비가 태어나 살아가면서 행한
최고의 선택은
단연코 너희들 엄마를 만난 거란다

그리하여
천사 같은 너희 셋을
못난 이 아비의 아들딸로 두었으니
이 아비는 더 바랄 게 없구나!

그러니
앞으로 살아가면서 힘들고 지칠 때
이런 아비의 마음을 헤아려
너희들끼리 서로 의지하고 도우며
정겹게 살아가면 좋겠다

사랑하는 나의 딸, 아들들아!

부디,
몸도 마음도
언제나 건강하길 바라…

내 딸

공주야,

너의 하루가

매일 매일 행복했으면 좋겠어!

네가

내 딸이어서 너무 고맙고

담 생에도 꼬~옥~

아빠 딸로 태어나 주세요!

사랑한다. 내 새끼…

아빠도

아빠도 살고 싶지!
하루하루 매일매일
너희들을 생각할 때마다
살고 싶다는 생각을 계속하게 돼…

사랑한다, 내 새끼들…

그냥 계속 길러

아빠 콧수염 자르면 안 돼?

왜, 싫어?

아니 좀 이상해서…

그럼 자를까? 근데 저승사자가 아빠 얼굴 알아보고 데려
간다고 해서 일부러 기른 건데?

아니야,

그럼, 콧수염 그냥 계속 길러…

못난 이 아비가 사경을 헤매고 있을 때 우리 공주 꿈에
저승사자가 나타나 아비를 데려가려 해 죽은 새를 잡아
저승사자 손에 들려 줬더니 그 죽은 새만 가지고 그냥 떠
났단다

그 어린 것이 저승사자가 뭔 줄 알고 어떻게 그런 생각을
다 했을까 대견하기도 하고 또 꿈에 얼마나 무서웠을까

생각하니 맘이 아려온다

걱정 마 우리 딸,

아빠는 우리 공주 곁에

아주 오래오래 머무를 테니……

겁

안압이 자꾸 올라
오늘처럼 피눈물을 흘리는 일이 반복되어도
내 아이의 얼굴만 바라볼 수 있다면
천만 번이라도
웃으며 피눈물을 쏟아 낼 수 있을 터인데…

오늘은
오른쪽 눈에 내 아이의 얼굴이 비치질 않는다
자꾸만 겁이 난다
이대로 무너지면 안 될 터인데…

한숨 푹 자고 나면
내일은 부디
내 아이의 얼굴이
내 오른쪽 눈에도 밝게 비칠 수 있기를 기도해 본다

살아야 할 이유

살아야 한다
살아 버텨 내야만 한다

조만간
죽음의 사신이 찾아오거들랑

너의 능력을 최대한 발휘해
그가 홀로 즐겁게 돌아갈 수 있도록!

그렇게
버티어 내어야만 한다

네가
반드시 지켜야만 할
너의 아이들을 위해…

아비의 소원

우리 공주만 이렇게 다복하게
좋은 짝 찾아 보낼 수만 있다면
이보다 더한 굴욕도 웃으며 참아 넘기리라!

너의 손을 잡고
너만을 평생 사랑해 주는 이에게 너의 손을 건네고
이렇게 행복해하는 너의 눈을 바라보며
춤출 수만 있다면
이 못난 아비는 영혼이라도 팔아넘기리라!

그러니 행복해라!
이 불쌍한 아비의 염원을 밑거름 삼아
부디 너만은 몸도 마음도 절대 아프지 말고
평생을 행복하게만 살아다오
제발 그렇게 살아가다오!

너희들은 안 돼

아비는 다 돼도
너희들은 절대 안 돼!

아비는 이렇게 살았지만
너희들만은 절대 이 못난 아비처럼은 살지 말아!

세상이 아무리 너희들을 힘들고 지치게 할지라도
아빠와 함께했던 추억들이라도 부여잡고
부디,
너희들만은 잘 살아 줘…

너희들은,
아빠 인생의 최고 자랑이자 선물이었어!

고맙고 사랑한다…

공주님

집에서 한 번씩 쓰러지는 날이면
물 컵이며 화장지, 쓰레기통을 머리맡에 가져다 두고 밤
새 조용히 왔다 갔다 아빠 숨소리를 확인하며 한 번씩
내 귓불까지 만져 보느라 우리 어린 공주님이 밤을 지새
운다

널 두고는 절대 안 가!
아니,
널 남겨 두고는 절대 못 간다

우리 공주님이 좋은 짝 만나 행복하게 사는 모습 보기 전
까진 이 아빠가 어떻게든 버티어 내며 우리 딸의 든든한
백그라운드가 되어 줄게!

사랑해, 아빠 딸…

아빠는

아빠는
하나도 힘들지 않다

너희들만 지금처럼 아프지 않고 잘 자라 주면
아빠는
하나도 힘들지 않다

세상이 아무리 우릴 힘들게 하더라도
너희들만 아빠를 믿고 따라 준다면
아빠는 하나도 힘들지 않다

이 못난 아빠는
너희들만 내 곁에 있어 준다면
정말 하나도 힘들지 않다

오늘 밤, 세계에서 이 사랑이 사라진다 해도

큰아들이 사 읽고 감명받아 영화까지 본 책!
주인공 도루가 딱~ 자기 남동생 같았는지 주환이보고 읽
으라고 던져 주더니 그런 우리 둘째는 형아보다 더 흠뻑
빠져 읽게 된 책!
책 읽기 싫어하는 우리 주환이가 유일하게 재밌었다는
플립보다 더 감명 깊다며 자신 있게 아빠에게 추천하는
이변을 일으킨 책!

읽어 보니 딱 우리 주환이 감성에
어울릴 만한 책인 듯싶다

치명적인 장애를 가진 히노
죽음 앞에서도 히노의 미래만을 걱정하는 도루

아빠는 상처뿐인 짝사랑으로 끝난 삶이지만

너희 세 보물을 얻고 가니 후회도 미련도 없다

그런데
부디 너희들은 히노와 도루처럼
장애는 물론
죽음 앞에서도 상대를 지켜 내려는
그런 운명적인 사람을 만나
이런 아름다운 사랑을 하며 살아갔으면 좋겠다

정말 그렇게 살아 줬으면 좋겠다

충고

재고
간 보고
시기하고
질투하고

그렇게들 살지 말아

그게
지금 당장은 너희들한테
조금은 득이 될지 모르겠지만

평생을 두고 보면
반드시
독이 될 테니까…

그건

내가 장담할 수 있다

부디

잘들

살아

무조건적인 사랑

사랑하는 내 딸, 아들들아!

부디 너희들은 좋은 짝을 만나 조건 없는 뜨거운 사랑을
하길 바라!

단지 그 상대가 너라서 사랑하고

그 상대 또한 단지 나라서 사랑받는

그런
무조건적인 사랑을 하며 행복하기를 바라!

사랑해!
금쪽같은 내 새끼들…

우애

사랑하는 나의 아이들아!

너희들이
학교를 졸업하고
취업을 하고
좋은 짝들을 만나고
누구는 잘 살고
혹여나 또 누구는 힘들게 살더라도

부디, 아프지만 말고
너희들끼리 우애 있게만 잘 살아 주세요!

이게, 이 못난 아빠의 마지막 소원입니다

사랑합니다…

이 또한 지나가리니

사랑하는
딸, 아들들아!

시련과 고난은
소나기로 한순간에 스쳐 지나가느냐
아니면,
지루한 장마처럼 진을 빼고 지나가느냐의
차이만 있을 뿐
시간이 지나면 모두 흘러가게 되어 있단다

그러니
힘들겠지만
너희들에게 주어진 지금,
이 순간의 시련과 고난마저도 즐겨라!
이 또한 지나가리니…

너희들과 보낸 그 시련과 고난의 시간은

반드시 너희들을

한 층 더 단단하게 만들어 줄 테니…

공주

아빠는

네가

아빠 딸이어서 참~ 행복했다

널 위해

이 못난 아비는

아빠의 마지막 삶을 송두리째 모두 걸었단다

언젠가

아빠가 네 곁을 지킬 수 없을 때가 오더라도

'아빠는 우리 공주만을 죽는 그 순간까지 평생 사랑했다'

그 사실만은 절대 잊지 말아 주렴!

사랑한다

내 새끼…

다음 생에도

다음 생에도
이 아비의 아들과 딸로 태어나 주면 안 될까?

다음 생에는
이번 생처럼 아프게 하지 않을게!

다음 생에는
이번 생보다 조금 더 애써 사랑해 볼게!

그러니
다음 생에도 우리가 함께였으면 좋겠다

사랑한다
내 똥강아지들…

아프지 마라

아프지 마라
네가 아프면 이 아빈, 죽을 것같이 숨이 쉬어지지 않으니
아프지 마라

아비가 가고 남겨질 널 생각하면,
죽어서도 절대 눈을 감을 수가 없으니
제발 넌 아프지 마라

이 못난 아비가 죽어 가는 이 순간까지도 이렇게 널 애틋
하게 사랑하며 살았노라 죽을힘을 다해 한 자 한 자 너와
의 추억을 적어 남겨 놓으니 부디 넌, 아비가 가고 나서
라도 아프지는 말아다오

그때가 되면
이 못난 아비가 기록한 너를 사랑하며 살아온 이 하나하

나의 추억들을 소중히 떠올리며 아비의 바람대로 온 세
상 사람들에게 사랑받는 사람으로 성장해 주길 간절히
바라 본다

나만 안다

사람들은 모른다
그가 아침에 눈을 떠,
오늘 주어진 하루에 얼마나 감사하며 사는지를…

사람들은 모른다
그가 얼마나 긴~ 시간 동안 눈을 감으면,
감았던 눈이 제발 다시는 떠지지 말라
기도했던 순간들을…

사람들은 모른다
그가 지금, 이 순간 모든 걸 걸고 지켜 내야만 하는 단 한
사람 때문에 그의 삶 끝자락을 부여잡고 버텨 내는 뼈저
린 진짜 이유를…

그럴 수만 있다면

내 영혼을 팔아
너의 망가진 영혼을 구할 수만 있다면,

내 육신을 제물로 삼아
너의 죄를 사할 수만 있다면,

그렇게만 될 수 있다면,
보기만 해도 아까운 이 아이를
너에게 기쁘게 인도하고

난,
이 몹쓸 고통과 이제 그만,
미련 없이 웃으며 작별할 수 있으련만…

제게 힘을

이 아이가
제가 없는 세상에서
상처받지 않고 살아갈 수 있도록

제가
살아 있는 동안
이 아이에 대한 저의 사랑을
한 방울도 남김없이 온전히 빨아들여
축적될 수 있도록

그 축적된 힘으로
누구에게나 사랑받는 아이로
성장할 수 있도록 도와주시옵소서

평생

이 못난 아비가

너만을 사랑하며 갔다

눈물보다는 미소로 추억하고 힘을 낼 수 있게 제게 조금

만 더 힘을 주시옵소서

조금만

나는
내 새끼들
내가 살아 있는 한
절대 남의 손 빌려 밥 안 먹인다

나는
내 새끼 입으로 들어가는 건
내 힘으로
내 손으로 먹이다 가련다

난
얼마 남지 않은 내 삶
그렇게 살다 미련 없이 가련다

나에게

조금만 더 힘을 다오

나에게
조금만 더 시간을 다오

제발…

전부

한 아이를 만나고,
그 아이가 내 인생의 전부가 되는 시간은
너무나도 짧았다

세상이 아무리 우릴 힘들게 하더라도

나에겐
오직
너만이 내 전부다

사랑한다
내 딸아…

공주만

우리 공주가 웃으면 내가 웃고,
우리 공주가 울면 내가 운다

우리 공주만 행복하게 살아갈 수 있다면
지옥 불에 떨어지는 일일지라도
난, 다 한다

그렇게 죽지 않고 버텨 내어
우리 공주의 웃는 모습만큼은
반드시 지켜 주고 떠나고 싶다

사랑한다
우리 딸…

아빠, 너만 있으면 된다

연날리기

공주님의 소원 성취 연날리기

우리 공주님의 소원은?

설 때도,
추석 때도,
크리스마스,
심지어 자기 생일 때까지도 다~ 똑같다

"아빠 오래오래 살게 해 주세요!"

이맘땐,
갖고 싶은 것도…
하고 싶은 것도…
가고 싶은 곳도 많을 텐데…

이번 소원 성취 연에는,

아빠 오래오래 사셔서 자기랑 같은 날 죽게 해 달라고 쓰

려는 걸 내가 급하게 말려서 겨우 저 소망으로 바꿔 썼다

율하야?

우리 공주님이 아빠 사랑하는 맘은

충분히 잘 아는데

아빠가 우리 공주보다 40년 미리 살았으니

적어도 우리 공주님이

아빠보다는 40살은 더 살아야지…

무슨 초등학교 2학년짜리 소망이 지니냐?

갑자기 추워져 학교 아이들이 웅크려만 지내길래 각자

소망을 담아 직접 연을 만들어 날려 보는 시간을 가져 보

았는데 우리 공주님의 소망 글귀를 보니 맘이 아려 왔다

율하야?

우리 공주 소망대로 아빠가 우리 공주랑 한날한시에 같

이 죽진 못해도 어떻게든 오래오래 살아서 우리 공주님
의 든든한 바람막이가 되어 줄게요!

사랑합니다
그리고
우리 공주의 생애 첫 연날리기 성공을 축하합니다

북극성

겁이 난다
내가 지금 무너져 내리면
내 아이들이 온전히 살아갈 수 있을는지

그래도
지금, 이 순간 함께할 수 있음에 감사하자
하루하루 최신을 다해 사랑하자

언젠가 내 아이들이 아빠의 빈자리를
아빠와 함께한 소중한 추억들로 대신할 수 있도록

언제 어디서나 아빠는 항상 너희 곁에서 너희들을 지켜
보며 너희들과 함께할 거야
세상에서 가장 찬란하게 빛나는
저 북극성이 되어……

나의 프린세스

내 딸,
사랑하는 나의 딸, 율하야!

너를 위해서라면,
너의 행복한 삶을 위해서라면..
네가 상처받지 않고 예쁘게 자랄 수만 있다면...

아빠 몸뚱어리 기름 한 방울까지 쥐어짜 내
네 삶의 자양분이 되고,
남겨진 뼈와 가죽은
네 삶의 폭풍우를 막는 바람막이가 되어 줄게!

그러니 부디,
지금처럼만 예쁘게 자라다오

주말인데도 이렇게 놀이터에서 놀아 주는 게 전부인 못
난 아빠지만
넌, 이 아빠 삶의 전부이자 아빠가 지금 악착같이 살아
버티어 내고 있는 이유란다

사랑한다
나의 영원한 프린세스 노율하…

꼬지전

우리 공주님이 너무나 좋아해서
매년, 아무리 힘들어도
명절 전날에는 꼭 만드는 꼬지전

비록, 몇 십 년간 방치되어서 다 무너져 가는 시골 학교
사택에서 살고 있지만 우리 공주님한테만은 명절을 기억
하게 하고 싶어 하는 아빠의 작은 소망을 담은 추억의 요
리 꼬지전…

비좁은 사택 안에서 오빠들과 서로 밀치고 싸우면서 만
드는 우리 집 유일한 명절 음식 꼬지전…

미안하고
또, 미안하고
미안만 하구나!

내가 살아야만 하는 이유

살아야 한다
그래야 내가 뿌린 죗값을
조금씩이나마 갚아 갈 수 있으니까

살아야 한다
그래야 나의 분신들이 못난 이 아비로 인해 덜 힘들어할
테니까

살아야 한다
그래야 나를 이 세상에 태어나게 해 주신 우리 부모님께
덜 부끄러울 수 있을 테니까

모두 모두
정말
죄송합니다

공주의 소원

우리 공주님이
오늘 잠들기 전에 뜬금없이 묻는다

"아빠, 추석이 뭐 하는 날이야?"

"음~ 보름달에 소원 비는 날?"
"근데 우리 율하 소원은 뭐야?"

"아빠 오래오래 사는 거!"

큰아들, 작은아들이
율하만 할 때 추석날 보름달에 바라는 소원은
둘 다 똑같이 '아빠 부자 되게 해 주세요!'였다

그런데

우리 딸 소원은, 한 치의 망설임도 없이 아빠 오래오래
사는 거라며 내 품 안에 안겨 잠이 든다

아들들은,
아빠가 부자가 되어 아빠의 바쁜 일상을 쉬게 해 주고 싶
었고
우리 딸은,
아빠가 오래오래 자기 곁에 남아 주기만을 바란다

한동안,
내가 모든 걸 다 잃은 줄 작각하고 바보처럼 살았는데 그
모든 걸 대신하고도 남을 더 대단한 걸 내가 품고 있었다
는 사실을 오늘 내 딸 덕분에 새삼 다시 한 번 깨닫게 해
주었다

사랑합니다

눈물

아빠, 나도 목욕탕 가고 싶다

어젯밤, 우리 공주님을 씻기고,
막 자려고 눕는데
아빠에게 툭~ 한마디 던져 놓고 눈을 감는다

"아빠, 나도 목욕탕 가고 싶다."

우리 율하가 기억도 못 하는 아주 어렸을 때를 빼놓고는
대중목욕탕에 가 본 적이 없는 내 딸

어제 학교에서 아이들에게 어떤 말을 들었는지,
생전 아빠에게 무슨 부탁을 해 본 적이 없는 내 아이 입
에서 저런 말이 튀어나올 줄은 상상조차 하지 못했다

차라리 마구 생떼라도 놓지,
아무렇지도 않게 저 말을 툭~ 뱉고 자 버리는
내 딸아이의 얼굴을 보며 너무나 찢어지게 가슴이 아파
눈물로 밤을 지새웠다

하루 이틀 시간이 지나고,
한 살 두 살 우리 공주 나이가 들 때마다,
이 못난 아비가 해 줄 수 없는 게
하나둘 늘어만 갈 거라는 현실이,

아리고.
아리고..
또, 아려만 온다...

미안하다
사랑하는 내 딸아…

꽃길만

"아무 생각 말고 오늘은 푹 쉬고, 푹 자고
낼 아침에 보자"

큰아들 수능 전날, 아빠는 이렇게 아들에게 전화를 걸고
정작 본인은 푹 쉬지도, 푹 자지도 못하고 안절부절 밤을
지새운다

가난한 대학 시절,
철모르는 아빠에게 축복으로 다가온 아이,
에어컨도 안 되는 조그만 셋방에서 한여름을 보내다 땀
띠를 몸에 달고 산 내 아이,

그 아이가 오늘, 대학 시험을 치르러 세상을 향한 첫 관
문을 나섭니다

가난한 대학생 아빠로 시작해, 세상을 품으려다 그 세상으로부터 버려진 지금의 못난 아빠를 지켜보며 성장했을 안타까운 나의 아이…

그 아이가 오늘,
모진 세상을 향해 첫 문턱을 넘어서고 있습니다

너무나 사랑하고,
너무나 미안한 내 아들아!
아무것도 해 주지 못하고 상처밖에 주지 못한 이 못난 아빠는 지금 너를 기다리며 험난한 세상을 향해 첫발을 딛는 너를 위해
두 손 모아 기도를 드린다

부디,
우리 아들이 걷는 세상만은 아빠의 부질없는 인생이 기름진 거름으로 복토가 되어 찬란한 꽃들이 만개한 축복된 꽃길이기만을……

인연들

명절 때마다 잊지 않고
이것저것 챙겨
우리 아이들을 찾아 주시는 소중한 인연들…

오늘은,
항상 받기만 하는
그 소중한 인연들을 위해
우리 아이들과 함께 기도합니다

그 마음.
그 진심..
그 소중한 인연...

오래오래
기억하고 감사하며 살겠노라고……

68

못난 아비의 기도

부디,
이 몹쓸 고통과 타협하지 않고
순결한 몸과 마음으로 우리 아이들을 지켜 낼 수 있게 힘
을 주시옵소서

그리하여
상처받은 기억과 진실을 영원히 땅에 묻고
오로지, 이 못난 아비에게
사랑받았던 기억만을 가지고 살아가게 하소서

간절히 바라옵건대
저의 피와 고통을 원 없이 더 내려 받으시고
제발, 이 아이들의 건강과 웃음만큼은
온전히 지켜 주시옵소서

그래, 이만하면 잘 살았다

한 여자를 평생 사랑했고,

그로 인해 아빠를 세상 모든 것으로 바라봐 주는 아빠 바

라기 두 아들과 내 딸이 지금 내 곁에 든든히 있어 주니

이만하면 나름 성공한 인생이었다

세상 모든 사람들이,

날 보고 실패한 인생이라 손가락질하더라도

그래, 슬퍼하지 말자!

난, 이만하면 성공한 인생이다

너희들을 지킬 수만 있다면,

그 어떤 모험과 굴욕을 넘어 내 뼈 한 조각, 피 한 방울,

살 한 점, 머리털 한 오라기까지도 아낌없이 던져 줄 터

이니

부디,

너희들만은 이 못난 아빠의 뼈와 살과 피를 자양분으로

삼아 건강하고 행복하게만 살아다오

사랑한다.

사랑한다..

사랑한다...

아버지의 술잔

잘난 사람도
못난 사람도
집에 돌아오면 모두 다 아버지가 된다

내 아이가 먹다 남은 아침상을 치우고
밥을 안치고 저녁거리를 만들고
내 아이와 도란도란 이야기를 나눈다

공포 영화에나 나올 법한 험악한 뉴스와
나날이 살기 힘들어져 가는 세상 속에서
아버지는 오늘도 내 아이의 앞날을 생각한다

내 아이는 아버지의 세상이다
아버지의 눈에는 눈물이 보이지 않으나
아버지가 마시는 술에는 눈물이 반이다

꼬옥~ 다시 만나!

사랑하는 나의 딸, 아들들아!
아빠는 요즘 매일매일 잠이 들기 전에 기도해!

아빠가 가고 다시 태어날 수 있다면
딱 한 번만
정말 딱~ 한 번만
너희들의 아빠로 다시 태어나게 해 달라고…

그땐 정말
너희들만 바라보고 살게
너희들의 웃는 얼굴만 지켜 주기 위해 살아갈게

부조리한 세상을 바꿔 보겠다고
무모하게 살기보단
너희들의 장래에 조금이라도 도움이 되게 살게

버려진 아이들을 돌보기보단

너희가 하루하루 예쁘게 자라는 모습을

지켜보며 살게

남의 이목에 신경 쓰며 살기보단

너희들 눈에만 아빠가 가득 찰 수 있도록 살게

하나부터 열까지

너희들만 바라보고

너희들의 행복을 위해서만 살아갈게

너무나 예쁘게 자랐을 너희들의 어린 시절을 함께해 주
지 못해 미안해

맘껏 투정 부릴 사춘기 시절도 눈물로 지나쳐 버리게 해
미안해

지금까지도 너희들이 하고 싶은 걸 맘껏 지원해 주지 못
해 미안해

이렇게 너희들을 너무나도 빨리 철이 들게 해 버려서 너
무너무 미안해

이 나쁜 아빠는
남아 있는 이 생에서라도
너희들에게 최선을 다하겠지만
만약 다음 생이라는 게 있다면 꼭 한 번만 이 못난 아빠
의 아들과 딸로 태어나 주렴

그때는
좋은 아빠가 되어 볼게
정말 좋은 아빠가 되도록 너희들만 바라보며 열심히 살
아 볼게
그러니 꼭 한 번만 이 아빠에게 다시 찾아와 줘요

사랑한다
나의 공주, 율꽁이
나의 아들, 주땡이 우민이

- 참 많이 나빴던 아빠가…

2부

부탁

부탁

이 못난 아빠, 너희들 존재 자체만으로도 너무나도 큰 선물이자 아빠가 살아 존재하는 이유란다

아빠가 너희들에게 부탁하고 싶은 말은
이 말 하나다

"하기 싫은 일에 너희 인생을 허비하지 말고, 하고 싶은 일에 네 모든 걸 걸고 즐기며 살아가렴!"

다만, 하기 싫은 일을 하지 않았을 때 너희가 겪어 낼 후회와 하고 싶은 일만 했을 때 너희가 감내해야 할 책임은 온전히 너희들 몫이라는 것만 잊으면 안 된다

그 후회와 책임의 저울을 얼마나 잘 맞춰 살아가느냐에 따라 너희 인생의 행복도 결정된다는 사실을 기억하렴!

아빠는 그리 살지 못했다

그러니 너희들은 이 못난 아빠를 교훈 삼아

부디, 남들이 아닌

너희들 행복만을 생각하며 살아다오!

사랑하는 나의 딸, 아들들아!

아빠 나이쯤 살아가다 보면
깨닫게 되는 게 하나 있어!

정말 고마운 사람은,
나를 살려 준 사람이 아니라
내가 살고 싶은 마음이 들게 만들어 주는
사람이라는 걸!

아빠한테,
너희는 그런 존재들이란다.
이 질긴 삶의 끈을 결코 놓을 수 없는
단 하나의 이유!

부디,
너희들은

매일매일 함께 알콩달콩 살고 싶은

그런 좋은 짝을 만나

행복하게 살아 주길 바라!

그런 너희들의 환하게 웃는 모습을 보며 떠날 수만 있다

면 이 아빠는 더 바랄 게 없다

사랑해…

독하게 살아

너희들은,
착하게 살지 마라!

지금 이 엿같은 세상에
착하게 사는 건,
"나, 바보요!"라고 광고하는 짓이니!

세상 물정 모르고
착하게 사는 게 전부인 줄 알았던 사람은
바보 같은 네 아비로 충분하니
부디,
너희들은 못난 네 아비처럼 살지 마!

독하게들
잘 살아…

평범하게

'내 뇌가 염산에 녹아 흘러내려도, 내 육신이 폐목기에 분쇄돼 바다에 뿌려져 물고기 밥이 되더라도, 내 아이들만 아무 일 없는 듯 살아갈 수 있다면, 모든 걸 다 받아들이리라.'

요즘 한참 인기 방영 중인 드라마 주인공 대사에 몇 년 전, 아빠가 했던 저 말이 떠올라 웃픈 하루가 된다

부디,
너희들은 못난 이 아비처럼 영화나 드라마 같은 삶 말고 그저 평범하고 순탄하게 행복한 삶을 살아다오

이발

쫄딱 망하고 이발할 돈이 없어 미용실에서 버려진 이발기로 시작한 아빠의 두발인생!

앞머리 옆머리까지는 어찌어찌 티 안 나게 처리했지만 뒷머리까지는 한동안 히딩크 뒷머리처럼 기르다가 노숙생활 접고 아빠가 복직하면서까지도 이렇게 동료들의 이상한 눈길까지 보며 요가인처럼 양팔 다 뒤집으며 어설프게 이발하며 지금처럼 살아가는 건!

이 못난 아빠에겐
이발비 돈 만 원이 중요한 게 아니란 거!

아빠는 못난 아빠가 이루고 싶었던 이루지 못할 무릉도원을 꿈꾼 죄가 지금에 와서 너희들에게 커다란 짐이 될까 봐 이처럼 하루하루를 죽을힘을 다해 최선을 다해 살

아가는 거란다

지금 이 못난 아빠가
살아가는 힘겨운 삶을 너희들이 바라보며

부디
너희들만은 이 못난 아빠처럼 다른 사람의 삶을 위해 살
지 말고 모든 순간순간을 너희들만을 위한 삶을 살며 그
렇게 너희들이 살아 숨 쉬고 있다는 벅찬 가슴을 안고 살
아가길 바라!

부탁할게…

그렇게 살아가 줘

사랑하는 나의 딸, 아들들아!

사람들이란,
듣고 싶은 것만 듣고
보고 싶은 것만 듣는 존재들이란다

그건 잘못된 게 아니라
생존하기 위한 인간의 본능 같은 거야!

만약
평생을 듣고 싶지 않은 걸 듣고, 보고 싶지 않은 걸 보고
살아가야 한다면 그 인생이 얼마나 고통스럽겠니?

아비가 너희들한테 부탁하고 싶은 건 다만,
살다가 네가 듣고 본 것이 절대로 진실만은 아니라는

거야!

때론 네가 듣고 본 것이 아닌, 네가 듣기 싫어 안 듣고 네가 보기 싫어 안 본 곳에 진실이 숨겨져 있을 때가 오히려 더 많은 게 삶이란다

언젠가 아빠가 너희들한테 말한 것처럼
사람은 누구나 실수는 할 수 있는 존재이니
살다가 네가 듣고 본 것만으로 다른 사람을 잘못 판단하는 일이 생기더라도 주저하지 말고 하루라도 빨리 그 숨겨진 진실을 찾아내 사태를 바로 잡는 올바른 어른으로 성장해 주길 바라!

다른 사람들은 몰라도
너희들만은 그렇게 살아가 주길 바라!

사랑한다
금쪽같은 내 새끼들…

아버지의 마음

아버지의 마음을
아버지가 되고도 몰랐는데
아버지 자리를 놓아야 할 위기에 처하게 되어서야
아버지의 마음을 조금이나마 알게 되는구나!

이 못난 아비는
곁에 있을 때나!
곁에 없을 때나!

항상,
너희들을 사랑했고 또 사랑했단다
이는 앞으로도 변함없을 거라는 것만
잊지 말아 주렴!

사랑한다...

아비의 꿈

이 아빠가 되고 싶었던 건
대단한 게 아니었어!

그저 단지
약육강식의 이 살벌한 시대에
호밀밭의 파수꾼이 되고 싶었던 것뿐이야!

그것마저
부질없는 이 못난 아비의 꿈이었지만 말이야!

그러니 너희들은
이 못난 아비처럼 살지 말고
너와 너희 아이들만 보고 살아 줘!

부탁할게…

큰아들

소풍 끝나고 가신
김박사님 말씀이 요즘 자꾸 생각이 난다

"수민군이 팀장을 너무 쏙 빼닮았어!"

우여곡절 끝에 8년간의 대학 생활을 마치고,
임용고시 보는 당일까지도 새벽 4시까지 주점에서 과일
안주를 만들다 세 살짜리 우리 수민이를 껴안으며 쪽잠
한두 시간 자고 시험 치르러 가면서 내 아들은 이렇게 고
생시키지 말아야지 다짐했었는데…

미안하다
우리 아들…

그래도

넌, 김박사님 말마따나 못난 네 아비 닮아 네 가족은 끝까지 잘 지킬 거라 믿는다

사랑한다. 우리 든든한 장남…

공주를 부탁해

아들아!
이 못난 아비를 부디 용서해라!

이건
이 못난 아비에 한계고

너희들은
이 못난 아비의 굴레에 벗어나
좋은 세상을 꿈꾸면 좋겠구나!

부디 제발
너희들은
이 못난 아비처럼은 살지 말아다오!

많이 사랑했다

마지막으로,

사랑하는 우리 공주님

살면서 눈물 흘리는 일 없도록

너희 두 오빠가 끝까지 보살펴 주길 바라!

기억해 줘

살다 보니,
생각보다 사람들은
남들 일에 신경을 안 쓰고 살더구나!
상대방이 자신보다 얼마나 잘났는지
상대방이 자신보다 얼마나 못났는지
잘 사는지, 못 사는지, 예쁜지, 못생겼는지…

모두 다 잠시 잠깐 화젯거리로
수군댈 수는 있지만
모두 다 오래가는 것은 한 번도 본 적이 없었다

사랑하는 나의 딸, 아들들아!

사람은,
그 사람의 외모로 평가받는 게 아니라

그 사람의 머리와 가슴이 무얼로 채워져 있느냐로 평가
되는 거란다

이 아비가 비록,
너희들이 입다 버린 속옷부터
옷가지들을 입고 살아도
그딴 걸로 남들이 이 아비를 무시하지 못하는 이유는 단
하나, 너희들 아비로서 부끄럽지 않게 살아가기 위해 하루
하루 최선을 다해 몸과 마음을 채워 가고 있기 때문이야!

부디,
너희들도
남들에게 보이는 겉모습이 아닌
너희들 가치를 높일 수 있는 지혜롭고 현명한 머리와 따
뜻하고 깊은 가슴으로 채워 나가길 바라!

이 못난 아비가 너희들 삶을 고난의 길로 이끌어 항상 미
안했지만, 그래도 너희들에게 부끄럽지 않은 아비로 기

억되기 위해 하루하루 최선을 다해 살아왔다는 것만은
기억해다오!

사랑한다.
나의 딸, 율하!
나의 아들, 주환 수민아!

행복하게

부디
너희들은
아비처럼 살지는 마

너희 주변도 사회도 국가도,
절대 너희 가족보다 중요하지 않으니…

너희가 하고 싶은 일을 즐기고
너희 세 남매끼리 서로 의지하며
그렇게 행복하게 살아 주렴!

부탁할게…

빛나는 삶

"옳은 일을 한 것이니 비겁하게 삶을 구걸하지 말고 떳떳
하게 죽는 것이 어미에 대한 효도다."

안중근 의사의 사형 날짜를 받아 놓고 안의사의 어머님
이 아들에게 한복을 지어 보내며 하신 말씀이다

이 못난 아비는 너희들에게 그리는 못 하겠다

비겁하게 살아라!
비굴하게 살아라!

너희에게 이리도 말을 하진 못하겠으나
이 아비처럼 살지는 말아다오

부디,

98

남의 눈치, 주변의 기대, 허황된 꿈 말고
너희들 자신이 빛나는 삶을 살아다오

아비의 죗값

아비 나이 지천명에 가까워지는데도
만 원짜리 안경테에 만 원짜리 안경알로 몇 년을 쓰고 일
회용 면도기 하나로 한 달 가까이 쓰면서
머리는 미용실도 안 가고 혼자 거울 보고 자르고
너희들이 입다 버린 속옷에 양말까지 기워 신으며
2천 원짜리 막걸리 한 병 사는 데까지 여러 번 고민하는 건

이 아비가 고약한 구두쇠라서가 아니라
이 아비 스스로 죗값을 치르고 있기 때문이란다

그동안, 생판 모르는 남들에게는 수억씩 쏟아부으며 살
았으면서 정작 아비 자신에게는 아무것도 쓸 수 없는 이
유는…

가족에게 지은 죄.

형제들에게 지은 죄..

사랑하는 이에게 지은 죄...

지울 수 없는 이 죗값들을 얼마 남아 있지 않은 삶 동안
만이라도 못난 이 아비 스스로 온몸으로 묵묵히 받아 내
며 살아 내야만 할 생이기 때문이란다.

그러니

부디

너희들은

이 못난 아비처럼은 살지 말아다오!

정말 미안하고,

눈물겹게 사랑한다…

더 이상

더 이상 아프지 말자
세상의 모든 고통과 아픔은
이 못난 내가 짊어지고 갈 테니

너도
너희들도
더 이상은 아프지 마라!

과거는 과거일 뿐,
더 이상 너의 못난 과거에 집착하지 말고

잘못된 미움과 상처로 똘똘 뭉친 너희들도
이제 그만 다 내려놓고
너희들 인생에만 집중해 주렴!

그렇게

우리 모두 다

아픈 상처는 모두 잊고

방긋 웃으며 새롭게 출발해 보자꾸나!

경청

사랑하는 나의 아들딸아!

사람에게
귀가 두 개, 입이 하나인 이유를
너희들도 수없이 자주 들어 보았을 줄 안다

삶의 지혜는
대부분 듣는 데서 비롯되고
삶의 후회는
거의 다 말하는 데서 비롯된다는 진리를
반드시 가슴에 새기고 살아가 주길 바란다

정답

인생에 정답은 없다

살아 보니.
살아가다 보니..
그게 정답이더라...

너만을 위한 삶을 살아라!
그게 정답일지니……

짝

사랑하는

나의 딸, 나의 아들아

너희는

너의 시간을 기꺼이 나눌 수 있는 사람을 만나

그와 함께 있는 동안

너의 시간이 아깝게 느껴지는 사람 말고

너의 시간을 그와 나누는 동안

시간 가는 줄도 모르게 즐거운 이를 만나 살아

행복이란 게 별 게 없더라

그렇게

기쁘게 서로의 시간을 함께 나누는

사랑하는 이와 살아 줘요

반동

새 삶을 시작하기 위해

그래

약간의 반동이 필요할 수 있다

더 높이.

더 멀리..

더 오래도록 뛰어 오르려면...

기억

생각해 보니 딱~ 지금 우리 큰아들 나이에 아빠가 가장
이 된 듯싶다

피아노 치고 무용하던 교대에 적응 못하고
고시 준비한답시고 널널하다는 공군에 자원했지만 결국
헌병대에 차출되어서 관절 다 나가면서 죽을 고생만 하
다가 제대하고 자진해서 휴학했던 교대에 다시 복학하자
마자 너희 엄마를 만나 완산구청에서 보증인 도장 몰래
파서 혼인신고 한 날이 아직도 기억에 선하다

그래도 그땐,
대학 다니며 하루에 아르바이트를 대여섯 개씩 하면서도
힘든 줄 모르고 살았단다

고물 자전거 하나로 춘하추동

과외며 학원 강사, 신문 배달, 농약 배달, 술집 주방, 어묵
공장, 경양식 식당에 겨울철에는 군고구마 장사까지 하
면서 잠시 잠깐 옷을 갈아입으러 집에서도 들려 새근새
근 자는 너의 모습만 보면 얼마나 행복했는지 모른다

아빠는
그 기억으로 살아!
아직도 그 기억들로 버티며 살아!

부디,
너희들도
언젠가 아빠의 빈자리를 버티어 낼 수 있도록
아빠와 함께한 하루하루 소중한 기억을
간직해 주길 바라!

즐겁고 보람되게

아빠가 직장도 있고
나름 여러 방면에서 인정도 받으며 반백 년 살았으면 되
었지!
굳이 이 나이에 매일매일 역사책이며 시집 소설집 가리
지 않고 읽는 것도 모자라 아무 쓸모도 없는 여러 자격증
공부까지 하는 건…

사랑하는 너희들에게
아빠가 이렇게라도 노력하는 모습을
보여 주기 위함이란다

갈수록 세상 살아가기가 힘들어질 거야!
너희들이 노력한 만큼도 이 세상은 공평하게 대우를 해 주
지도 않을 텐데 너희들이 노력조차 하지 않는다면 정말 이
세상은 지옥과도 같을 거라는 거는 이 아빠가 장담하마!

그러니

너희들의 하루하루를

즐겁고, 보람되게 살길 바라…

만남

함께 있을 때
눈치를 보게 되는 이 말고
시간 가는 줄 모르는 사람을 만나!

인생을 살아가는 데 너희들 주변에 꼭 많은 이들이 있을
필요는 없단다
단 한 사람이라도
너의 말에 귀 기울여 주는 사람을 만나!

그리고 부담스러운 이는 과감하게 잘라 내렴!
그런 이는 아무리 참고 견뎌 봤자 언젠가 반드시 너희 발
등을 찍는 도끼로 돌변한단다

도끼는 자기가 찍어 낸 나무들을 하나도 기억하지 못하
지만, 그 도끼에 찍힌 나무는 그 날카로운 도끼날의 기억

을 평생 안고 살아가야 한단다

인생은 그리 길지 않다
그러니 부디 나쁜 인연에 전전해 하지 말고 좋은 사람만
만나 행복하게 살아 주렴!

선택

인생은
매 순간순간 선택의 연속이란다

옳은 선택도 그릇된 선택도
모두 다 너희 몫이니
너는 너의 선택에 책임만 지면 된다

인생이란
그런 너의 선택 한 덩이 한 덩이로
네가 꿈꾸는 인생의 골격에 살을 붙이는 작업이니 매 순
간 너의 선택에 신중하되
결코, 그 선택의 결과를 두려워하지 마라!

사랑한다…

미소

마지막에 웃는 놈이
성공한 삶이 아니란다

매일 웃는 놈이
진정으로 성공한 인생을 산 거라는 거만
알아 두렴!

행복해서 웃는 게 아니야!
웃으면 행복해지는 게 삶이지!

이 아비가
너희들만 보면 미소 지어지는 이유…

애틋하기를

너무 애절한 사랑은 위험하다

너무 애절한 사랑을 감당해 내느라

모든 걸 다 버리고 주저앉아 버린 이 아비처럼…

사랑조차도 넘쳐 버리면

차라리 모자란 것보다 못한 일이다

너희들의 사랑은

부디 애절하지 말고 애틋하기를…

인생

인생은,

계획하고 살아가는 것이 아니라,

살아가면서 계획하고 수정해 가는 것이다

인생은,

계획대로만 살아지는 게 아니다

실수는 반복될 수 있다

그래도 실수를 무서워하지 마라!

그것이 인생이다

다짐

단단히

옥죄고

쉴 틈 없이

일해라!

그래야

살아남을지니

그래야

너희

소중한 이들을

지킬 수 있을 테니…

실수

사랑하는 나의 딸, 아들들아!
실수를 두려워하지 마라!
다만, 똑같은 실수를 반복해서는 안 된다

한 번의 실수는,
너희들을 성장시켜 주는 백신과도 같지만
반복되는 실수는,
너희가 사랑하는 이들까지 나락으로 몰고 가는 지름길이
란다

실수를 통해 배우는 걸 겁내지 말고
반복되는 실수를 무서워할 줄 아는 사람으로 자라 주길
바란다

때론

사랑하는
나의 딸, 아들들아!

세상의 빛과 안위 따위는
개나 줘 버리고

너희들은 너희들의 행복과
너희 가족의 안위만을 위해 살거라!

때론,
불의에도 타협하고 더러운 짓을 모른 척하며
그렇게 비겁하게 살아라!

살아 보니
그렇게 사는 게

그렇지 않게 사는 것보다 정답일 때가 많더라!

부디,
너희들만은
이 못난 아비의 삶을 닮지는 말거라!

우리

내가
아닌
우리로
살아가거라!

그럼,
네 삶이
덜 외로울 터이니…

3부

소풍

문득

모든 걸 다 잃어버렸다고
바보처럼 자책하며 살다가…
번쩍,
그렇게 문득 알게 되는 게 있더라!

지금 내가 가진 모든 것들은,
바로 그 잃어버린 것들 덕분에
얻은 것이란 걸……

사람과 짐승

사람들은
흔히 짐승이 될 수 있다

그런데

짐승은
절대
사람이 될 수 없다

너도 그렇고,
나도 그렇다

착각

사람은,

본인이 짐승일까 부끄러워하며 사는데

짐승은,

본인이 사람인 줄 착각하며 떵떵거리고 산다

비수

절박한 사람의 진심을 비웃지 마라!

그 가벼운 웃음이,

언젠가.
꼭..
반드시...

당신의 심장을 관통할지니…

평행선

어떤 이유로 한번 헤어진 인연은

비록 어찌하여 눈물로 다시 이어진다 해도
반드시 같은 이유로,
서로에게 생채기의 흔적만을 더해 준 채 또 헤어지게 되
어 있다

연인이든.
친구든..
부부든...

그 시절,
너무나도 가슴 아팠던 이유가 무한 반복되며
영원히,
함께 이어질 수 없는 평행선 운명처럼…

아빠 껌딱지

주중엔
내 옆자리에 앉아 꼬마 교무 선생님 놀이하다가

주말에도
아빠 기운 내시라고 소고기랑 함께 먹을 무순 물 준다고
학교까지 따라와 딱~ 달라붙어 있는 우리 공주님이 무순
에 물을 주다 말고 한마디 한다

"아빠, 난 아빠가 선생님이니까 좋아!"
"왜?"
"아빠랑 이렇게 항상 같이 붙어 있을 수 있으니까!"

율하야! 아빠도 그렇단다
사랑한다, 우리 딸!

미안합니다

난,
내 새끼들의 미래를 위해서라면
그래도 되는 줄 알았습니다

난,
내가 추구하는 정의를 위해서라면
악도 선으로 덮어질 수 있다 믿었습니다

네!
전,
그렇게 못나게 살아왔습니다

정의를 위해서라면
다른 이들의 상처까지 나 몰라라 하는 그런 못난 조직에
몸담아 살아왔었습니다

그래도…

단
하나
후회가 있다면

당신을
진심으로 사랑하지 못한 죄!

그
죄는
반드시
담 생애
꼭 만나서
갚아 드리오리다…

미안합니다

엄마만은

이
못난
아빠는

너희들한테
엄마라는 존재를
아빠가 끝까지 포기하지 않고
너희들 품에 안겨 주었다는 거 하나만큼은
잘한 것 같다

미안하고
사랑한다

살아진다

생각을 많이 하면
난,
살 수가 없다

그래서
난,
생각 대신 몸을 혹사시킨다

그러면
살아진다…

길

길을 아는 것과 그 길을 걷는 것은 다르다

난 이제,
내가 가고자 했던 길을 망설임 없이 걸을 것이다

더 이상 흔들릴 마음의 여유도 시간도
나에겐 없다

나의 소중한 아이들만 생각하고 걷고 또 걷자!

목적지가 같다면
언제고 한 번은 만나겠지만
그 이상은 생각도 하지 말자!

삶이란

그래, 원래 그렇게 살아가는 거야!

아프고, 상처 주고, 후회하고, 미련을 남기면서

그래,
원래 삶이란 게 그렇게 살아 버티는 거야!

그러니까
이제 그만 아파하고 상처를 주지 말고 후회도 하지 말고
미련 없이 살다 가자꾸나!

욕심은 이제 그만!
그냥 그렇게 남은 삶에 감사하며 살다가
같이 가자꾸나!

아빠도 좋은 것만 먹어

어젯밤에 자려고 딸랑구 팔베개하고 누웠는데 공주가 잠
은 안 자고 내 얼굴을 빤~히 쳐다보고만 있길래

우리 딸, 왜 안 자? 그랬더니 뜬금없이 저런다.

"아빠도 좋은 것만 먹어"

어제저녁에 큰아들이 사 온 떡갈비로 저녁을 먹었는데
떡갈비를 작은오빠랑 자기한테만 주고 아빠는 풋고추 찍
어 밥 먹는 게 걸렸는지
작은오빠는 정신없이 먹는데 우리 공주만 배부르다고 몇
입 먹다 말고 먹던 그릇을 나에게 내밀고 방으로 들어갔
었다

율하는 안다

아빠는 항상 좋은 건 자기들한테 주고 상하거나 자기들이 먹다 남은 것만 먹는다는 것을…

어제저녁에도 아빠가 떡갈비를 손도 안 대니까 자기가 먹다 남은 거라도 드시라고 자기 그릇의 떡갈비를 한입씩만 베어 먹고 남겨서 아빠한테 자기 그릇을 밀어 넣은 걸, 이 아빠도 다~ 안다

공주야?
아빠는 다 알아요
우리 공주가 아빠를 얼마나 사랑하는지……

사랑한다
나의 영원한 프린세스…

미완성

고마운 사람들.

그리운 사람들..

미안한 사람들...

그런 사람들이 모여 인생이 된다

그렇게 나의 인생이 구슬프게 미완성된다

끼니

이
아비의
하루 양식은

한 권의 책
한 편의 영화
한 병의 막걸리

그거면 족하다

여름을 한 입 베어 물었더니

우리 공주가
태어나서 처음으로 사 달라 했던 소설책!

'여름을 한 입 베어 물었더니'

의도치 않게 부모를 빼앗아 갔던 새별이형의 불행한 삶
만을 확인하려 애쓰며 살다가 지오라는 한 아이를 만나
게 되면서 용서를 받아들이게 되는 유찬!

그래, 나도 다 잊어버리자!
그렇게 얼마 남지 않은 내 인생도 잘 살아 보자!

소풍 마치고 떠날 땐
예쁘고 황홀한 무지개를 딛고 갈 수 있기를…

미안해

내가
너무 후져서
미안하다

내가
보고 싶은 것만 봐서
이렇게 못돼 먹었나 보다

아빠, 뭐가 좋아?

아빠,

아빠는 빨간색이 좋아, 파란색이 좋아?

음…

아빠, 율하가 좋아!

아니, 아니?

빨간색이 좋냐고 파란색이 좋냐고?

음…

그니까 아빠는 율하가 좋다고!

그럼, 산이 좋아, 바다가 좋아?

음…

율하가 좋아!

칫,

이제 아빠한테 좋아하는 거 안 물어볼 거야!

우리 공주가 그림을 그릴 때면
무얼 물어보든 1년째 똑같은 대답만 하는 아빠에게 다신
안 한다며 매번 또 같은 질문을 한다

이 아빠,
무얼 물어보든 아빠는 매번 똑같은 대답만 할 거라는 걸
잘 알면서도 매번 이렇게 물어봐 주는 우리 공주가 세상
에서 가장 좋아요!

사랑합니다

허상

부, 명예, 권력…

처음부터
난, 너희들을 원하지도 않았다

난,
그저 내 갈 길을 갔을 뿐인데…

아무 이유 없이 날 따라 오더니
이제는 너희들이
내가 지나왔던 길에 오물이 되어
내 숨통을 조여 오는구나!

그래
열심히들 내 숨통을 조여 봐라!

처음부터 난 너희를 원하지 않았기에

너희가 조이는 숨통은 곧 허상이 되어

사라지게 될 터이니…

빵꾸 난 양말

아빠, 빵꾸 난 양말 좀 신지 마!

큰아들 군대 보낸 지 얼마 되지도 않아서 작은아들 기숙
사 짐을 챙기는데 큰아들이 군대 가기 전에 주문해 놓은
거 다 싸고 마지막으로 집에 있는 양말을 다 꺼내 좋은
걸로만 골라 주환이 기숙사 짐 가방에 넣고 늘어나고 구
멍 난 양말은 내가 신으려고 꿰매고 있는 날 보고 아들이
한마디 한다

"아빠, 빵꾸 난 양말 좀 신지 마!"

너나 좋은 거 신고 아빠는 꿰매 신으면 된다고 했더니 우
리 울보 주환이가 이불 뒤집어쓰고 소리 없이 운다

어느덧,

우리 주환이도 다 컸구나!

고맙고,

사랑한다

장남

동생들 돌보랴

못난 아비 걱정하랴

대학 생활도

남들처럼 제대로 즐기지 못하는 우리 장남!

아빠에게도

온전히 우리 수민이가

세상의 전부일 때도 있었는데…

생각만 해도

힘이 되어 주는

친구 같은 내 아들!

많이 미안하고

사랑한다, 우리 아들…

정의

진정
정의란 존재하는 것일까?

정의를 구현한답시고
그동안 내가 저지른 파렴치한 일들이
그 알량한 정의라는 이름 하나로
다 용서받을 수 있을까?

지금, 대한민국을 장악한 친일 후손들을 다 쳐 죽일 수는
없으니 어떻게든 그들에게 우리 민족을 위해 속죄할 기
회를 주어야 내가 눈을 감을 것인데……

그걸
내가 눈을 감기 전에 볼 수 있을는지……

고추 절임

찬바람 불어올 때,

엄마가 자주 해 주셨던 고추 새우젓 절임!

저거 하나면

아무리 입맛이 없을 때도

밥 한 그릇은 그냥 뚝딱이었다

엄마 생각도 나고

학교 텃밭에 고추가 풍년이라 한번 담아 봤다

잘 익으면 그때 그 맛이 나기를 바라며…

맛있어져라!

맛있어져라…

내려놓으니

내려놓으니
그동안 부여잡고 살아왔던
허영뿐인 삶이 눈에 보인다

내려놓으니
나의 사랑하는 이들의 피맺힌 상처가 눈에 보인다

내려놓으니
그렇게도 미워하던 이의
가슴 아픈 눈물이 눈에 보인다

내려놓으니
다 내려놓으니
그렇게도 보이지 않던 게 보이기 시작한다

행복은 가까이에

밥상 하나 제대로 펼 수 없는
조그만 보금자리에서
식구들끼리 옹기종기 모여 저녁식사를 하고 좁은 침대
한 칸에서 서로 뒤엉켜 각자 오늘 하루 일과를 웃으며 마
무리하는 지금 이 순간이, 바로 행복이구나!

이 단순한 진리를 깨닫는 데
45년이란 긴~ 세월이 걸렸다

우리가 이러고 노는 동안,
우리 집 귀염둥이 냥이 호두 엄마도 자기 몸집만 하게 커
버린 새끼 고양이 너두나두를 우리들처럼 좁디좁은 라
면 상자 안에서 모두 품고 서로 뒤엉켜 똑같이 곤히 자고
있다

어쩌다, 태어난 지 만 한 살 만에 저 어린 몸으로 엄마가
되어 버린 우리 호두를 바라보며 행복의 진리를 또 한 번
마음으로 깨닫는다

이런 걸 보면
참,
짐승이 사람보다 한참은 나은 것 같다

아빠, 하루만 쉬어!

아빠, 내가 이 돈 다 줄게!
내일 하루만 쉬면 안 돼?

매일 새벽에 나가 밤늦게 새까맣게 타서 집에 들어오는
아빠가 안쓰러웠는지 우리 율하 공주가 유치원 때부터 5
년 넘게 모아온 자기 돼지 저금통을 들고 와서는 아빠에
게 저런다

아빠, 내가 이 돈 다 줄게! 내일 하루만 쉬어…

아빠가 방학인데도 곁에서 많이 못 놀아 줘서 정말 미안
해, 우리 딸!
그래도 우리 딸 덕분에 식구들 모두 옹기종기 모여 우리
공주 돼지 저금통 금액 맞추기 게임해 주환이가 꼴등 해
서 설거지하고 아빠 빨래, 공주는 방 청소, 1등 한 큰오

빠랑 다음 날 은행가에서 통장 만들고 행복한 시간을 보냈다

사랑한다, 나의 프린세스…

각오

내가 진 상대는
너희 같은 쓰레기들이 아니다

내가 진정 진 상대는
정의 구현이라는 미명 아래 내팽개친
나의 가족, 형제, 지인들이다

내가 죽어야 끝나는 이 싸움에
난 끝까지 버텨 낼 것이다

밑바닥까지 추락한 내가 너희 같은 친일 쓰레기들을 이
겨 낼 수는 없겠지만 끝까지 살아남아 너희들의 끝을 지
켜볼 것이다
내 아이들과 형제, 지인들에게
마음으로나마 속죄하기 위해서라도…

왜?

이 못나고 부조리한 세상을 바꿔 보자
웃으며 도원결의한 게 엊그제만 같은데

스스로 몸을 던지고, 구속되고, 칩거하고...

왜? 이겨 내지도 못할 못난 짓을 하면서
이렇게 못난 저에게 헛된 꿈만 심어 주었습니까?

저들은?
당신들보다 더 못나고 파렴치한 짓을 하고도
저렇게 떳떳하게 큰소리치고 사는데

왜? 당신들은 그렇게 비겁하게 떠나 버린 겁니까? 도대
체, 왜?

아빠라는 이름으로

아침에 눈을 뜨면
비록 몸은 천근만근 무거울지언정 오늘 아빠에게 주어진
하루에 감사하며 몸을 일으킨단다

오늘 나에게 주어진 하루가
너희들이 살아갈 내일에 조금이라도 보탬이 되기만을 바
라며 그렇게 아빠는 아빠에게 주어진 오늘 하루에 감사
하며 아빠의 하루를 또 견뎌 낸단다

날카로운 메스로 살갗 한 겹 한 겹을 포 뜨는 것처럼 참
을 수 없을 만큼 고통스러운 날들에도 아빠는 너희들 얼
굴을 마주하고 웃을 수 있다는 것만으로도 그 어떤 모르
핀보다 효과가 좋더구나!

사랑하는 수민, 주환, 율하야!

아빠가 언제까지 너희들 곁을 지켜 줄 수 있을지 모르겠지만 이것 하나만은 꼭 기억해다오! 너희들이 이 못난 아빠의 아들과 딸이 되어 주어서 아빠는 너무나 행복한 삶이었다

시작과 끝

집에 들어오자마자
아무렇지도 않게 머리 위로 던져 버리는
냄새 나는 그녀의 양말을
깨끗이 빨아 놓고 잠들어야겠다
그렇게 또 아무렇지도 않게 생각할 수 있었던 그 순간이
시작이었던 것 같다

그 시작을
멈추지 못함에 미안하고
멈추지 못해 감사한 하루다

부디,
내가 없을 하루까지도
끝끝내 행복해해 주길…

아들의 당부

군대 가 있는 우리 큰아들이
굿모닝 안부 전화를 하면서 하는 말!

자식한테 맛있는 거 하나 더 사 먹이는 것보다
자식 곁에 하루라도 더 머무르는 게
진정, 자식을 위한 길이란다

알았어, 우리 아들!
천년만년 너희들 곁에 오래 머물러 있을게!

이 못난 아빠,
우리 큰아들이 이런 말 한 번씩 할 때마다
든든하고 미안하고 그런다
마음속에 깊이 새길게...

우리 집 막내 '나두'

우리 집엔 사람보다 고양이가 더 많이 산다
광주대학교 주변을 배회하다가 목포해양대학을 다니는
맘씨 고운 여대생 눈에 띄어 보살핌을 받다가 우리 집으
로 온 하얀 털 솜뭉치 같은 터키쉬앙고라 '앵두'

둘째 주환이가 친구 집에서 기르던 길고양이 '엠냥이'가
교통사고로 죽고, 그 친구 집 우사에서 어미 잃고 남겨져
데리고 온 새끼 길고양이 '호두'

어쩌다 우리 집에 붙들려와 잠시나마 '호두'랑 신접살림
까지 차렸지만, 지금은 자기 원래 식구들 곁으로 돌아간
'호두' 남편 길고양이 '녹두'

그 시절 '호두'와 '녹두' 사이에서 낳은 세 자매 '자두' '너두'
'나두' 그중에 '자두'는 큰아들 친구 견이가 입양해서 잘

기르고 있다

그래서 지금은 좁디좁은 사택에서 '앵두' '호두' '너두' '나두' 이렇게 네 마리 고양이를 우리 공주랑 둘이 집사가 되어 모시고 산다

작년부터 내가 부쩍 몸이 안 좋아져서 주변 정리를 하면서 가장 먼저 걸리는 게 바로 고양이였다
처음엔 '앵두'와 '호두'만 남기고 다 입양 보내려고 했는데 우리 순딩이 둘째 주환이가 대성통곡을 하는 통해 그마저도 못하고 지금까지 모시고 살게 되었다

성묘가 다 되어서도 '호두' 젖을 빠는 세 자매 중에 막내 '나두'는 지금까지 똥오줌을 못 가리고 아무 데나 실례를 하는 데다 밤에는 쉬지 않고 우는 통에 가뜩이나 예민해진 내가 잠을 아주 못 자는 바람에 추운 겨울도 다 지나가서 지난주에 '나두' 하나만이라도 '나두' 아비가 사는 곳으로 보내려 했었다

애들한테 미리 말하면 또 대성통곡이 날까 봐 애들한테는 갑자기 '나두'가 죽었다고 말하고 한밤중에 사택 옆 공터에 가짜 무덤까지 만들어 놓고, 다음 날 새벽에 '자두'를 보낸 곳에 '나두'를 데려다 놓으려고 단단히 맘을 먹었는데, 막상 새벽에 '나두'를 데려가려고 보니 지금까지도 나에게 곁을 안 주던 '나두'가 애교까지 부리며 가만히 내 곁에 머무르는데 '너도 내가 널 보내려고 하는 줄 아는구나!'라는 생각이 들어 결국 일주일간 세웠던 계획이 수포가 되고 말았다

고양이 한 마리조차 어찌하지 못하는 내가 어떻게 주변 정리를 다 할지 눈물이 앞을 가린다

행복

아들들은 친구 같고…
딸은 연인 같고…

이래서
우리 부모님들께서
아무리 힘들어도 웃으며 버티셨나 보다

사랑한다
내 딸, 아들들아!

치부책

본인이 받은 작은 상처는 오래 간직하고,
본인이 받은 큰 은혜는 쉬~ 망각해 버린다

상처는 반드시 받아 내야만 하는
빚이라 생각하고,
은혜는 꼭 돌려주지 않아도 될
빚이라 생각하기 때문이다

그래서
사람들이 적어 나가는 인생의 치부책에는 항상
상처받은 사람만 있을 뿐,
상처 준 사람은 없다

못난 아비

한창 어리광 부리며 클 나이 때부터
어른으로 클 수밖에 없었던 나쁜 환경을 만들어 준 이 못
난 아비는

항상 미안하고
그럼에도 불구하고 잘 자라 줘서 고맙고

무엇보다 가족만을 생각하는 너희들 마음에 감동을 받
는다

사랑한다.
사랑한다..
사랑한다...

사자

요즘
죽은 이들이 자꾸 꿈에 나타난다.
어머니, 아버지, 김박, 박교수,
철민, 영철, 민아, 서희…

난,
아직 갈 때가 아닌데
아니, 난 아직 가서는 아니 되는데
사자들이 자꾸 내 꿈에 나타나 나를 데려가려 한다

사람은
절대 바뀌지 않는다던데
산 자는 끊임없이 나를 시험에 들게 하고
하루하루 버티어 내는 나를 자꾸 무릎 꿇게 한다

그 시절

여수 해양경찰서 앞에서
4계절을 노숙하며 보낸 시절!
검찰 수사관, 전경련 용역들이 진을 치고 있어서
편의점 알바 하나 제대로 할 수 없어
하루하루 여행객들이 버리고 간 낚싯대 수리해 잡아먹었
던 붕장어, 쏨뱅이가 수백수천 마리는 될 듯!

그 시절을 다~ 보내고,
7건의 기소, 5건의 재판, 5년 넘게 1백 번이 넘는 법원 출
석을 치르고서야 이 자리에 섰다

그렇게라도 이 아빠는 살아남아야 했단다
오직, 너희들을 위해!

사랑한다 내 새끼들…

내일

내일은 없다
난, 오늘만 산다

언제 죽어도 아무 이상이 없을 이 몸뚱이
새벽에 천근만근 힘겹게 눈이 떠지더라도
난, 또다시 주어진 오늘 하루에 감사하며 산다

내일을 꿈꾸는 자,
오늘만 사는 나를 절대 이길 수 없으니
더 이상 날 시험에 들게 마라!

난,
오늘 하루가 전부다

감사

남들이 뭐라 하건,

아빠 인생에서 가장 잘한 건 단연코 결혼이었다

몸과 마음이 아무리 죽을 것처럼

고통스럽게 힘들지라도

오늘 하루만 더,

너희들을 눈에 담을 수 있다는 것만으로도

이 아빠,

더없이 행복하고 감사한 오늘 하루가 눈물겹다

못난 아빠

이 못난 아빠라는 인간은,
대의라는 명분 아래 수십억을 숨도 쉬지 않고 생각 없이
날리면서

우리 아들은,
십만 원짜리 폴라로이드 카메라 하나를 사고 싶어 수백
번 고민하다 시켜 놓고 이렇게 좋아한다

아빠라는 인간은,
말도 안 되는 온 국민의 행복을 추구하는 무모한 이상향
만 추구하는데

사랑하는 내 아들은,
가족들과 함께 즐거운 추억을 남기는 사진 한 장을 이렇
게 바란다

참,

나라는 인간은

정말로

못난 인생이었다

당신 덕

당신 덕에
천사 같은 우리 세 아이를 얻었으니
난 이제 더 이상 아무런 후회도 원망도 없네

다만
우리 공주
좋은 짝 만나 행복하게 사는 모습만 보고
그렇게 홀~ 홀~ 떠날 수만 있다면
얼마나 좋을까?

담 생엔
당신도 부디
나 같은 놈 말고 꼭 좋은 사람 만나 행복하기를…

돌덩어리

지금까지
살아 있어서 좋긴 한데
매 순간 뜨거운 돌덩이 하나를 안고 살아가는
이 무거운 죄책감은 어찌할 도리가 없구나…

부모

미워하면 닮는다더니……

나는
환갑둥이로 태어났다

그래서
친구들이 할아버지라 놀리는 아버지가 싫었다
그런 아버지가 부끄러웠다

집안일은 뒷전이면서
매일 같이 남의 일에만 앞장서시는
그런 아버지를 미워하며 자랐다

돌아가시기 전까지
남들한테 서 준 보증 서류만 붙들고

치매와 욕창으로 고래고래 소리 지르시던 아버지가 끝내
짜증스러웠다

젊으셨을 땐
고창 바닥에서 내로라하는 부자셨다는데
그 많던 재산, 남들 좋은 일만 시키고
식구들은 그렇게 고생만 시킨 아버지가 너무너무 원망스
러웠다

그.
런..
데...

지금 내가
우리 아버지의 삶을
똑같이 반복해서 살아가고 있었다

사시는 동안 웃는 얼굴이라고는 찾아볼 수 없으셨던 아버지께서 고3 시절, 나의 사관학교 합격 통지서를 들고 교실 문을 세차게 열어젖히시며 환하게 웃으시던 흰 고무신에 꾸부정한 아버지 모습이 오늘따라 무지 보고 싶다

아버지, 죄송합니다
아버지, 사랑합니다

부모님의 이름으로...

어머니 병들어 계실 때는

매번 민일순 여사라고 불러 드렸는데

아버지께는 단 한 번도

노정영님이라고 불러 보지 못했다

이름 한 번 제대로 따뜻하게 불러 드리지 못하고

참 못난 모습만 보여 드리고 떠나보내 드려

맘이 아프다

사랑합니다

민일순 여사님!

죄송합니다

노정영님…

엄마

엄마, 보고 싶다
근데, 아직은 안 되겠다
엄마 손주들이 아직은 가지 말라네

엄마 잘난 막둥이 때문에
엄니 큰손주가 너무 일찍 철들어 버려서
군대 가서도 가족 걱정밖에 못 하는데 이렇게 엄니 따라
가면 안 될 것 같아!

우리 율하,
사랑 충만한 남자랑 행복하게 사는 모습 보고
우리 주환이,
지금처럼 멋진 남자로 멋지게 사는 모습 보고
우리 수민이,
가족 걱정 말고 자기 인생 즐기며 사는 거 보고

그리고 그때 갈게

나 보고 싶어도 찾지 말고 기다려 줘요!

사랑해, 엄마…

매실

오늘만 살다가.

오늘만 살아 버텨 내다가..

내일을 준비하는 오늘...

나는 오늘,

일주일 넘게 창고에서 주워 온

매실 알맹이들을 씻고

우리 큰아들이 좋아하는 매실 액기스를 담으며

그동안 잊고 살았던

내일이라는 걸 기다려 본다

우리 큰아들이 휴가 나오고 제대할 즘엔

맛있게 익어 주었으면 좋겠다

그래,

회현아,

그동안 잘 버텨 냈구나!

잘 버텨내 주었구나!

애썼다.

그리고 고맙다…

용서

7번의 기소, 5건의 재판, 100번이 넘는 출석과 판결, 끊임 없는 검찰의 항소…

국가 기관까지 앞세워 내 가족은 물론,
나의 형제, 친구, 동생, 지인들과 그들의 가족 신상 털기 까지 서슴지 않으며 그들에게 전화로 문자로 메일로 구 속 협박까지 일삼으며 어떻게든 나를 사회와 분리하려 했던 친일로 압축된 부정한 무리들…

골수 친일 세력들과 그들의 후손들에게 농락당하고 있는 부정한 현실을 바꿔 보고자 도원결의했던 그 많던 이들 은 이제 모두 스스로 생을 마감하고 구속되고 낙향을 하 며 이 부정한 세상과 인연을 끊고 말았다

나도,

내 아이들만 없었다면……

세상을 바꿔 보고자 했던
부질없는 나의 욕심으로 의도치 않게 상처를 드린 나의
가족, 형제, 친구, 동생, 지인들과 그분들의 가족에게 용
서를 빈다

부디
이 못난 사람을 용서하시고
지금 곁에 있는 소중한 사람들을 위해서라도
굳건히 잘 버티시고 잘 살아 내시기를 온 맘으로 기도드
리겠습니다

죄송합니다…

보고 싶다

보고 싶은

선배들, 후배들, 친구들…

나의 불운이

그들에게 전염될까

보고 싶어도 망설이며 남은 시간만 축낸다

그들 또한

내가 부담 될까 눈치만 보다

술에 흠뻑 취해서나 전화기를 든다

그것마저도

받아 주지 못하는 내 자신이

오늘따라 너무 초라해 눈물만 흐른다

바다

당신은 늘~

못난 나를 용서하는 어진 바다였습니다

내 모든 죄를

이 거친 파도로 밀어내며

온몸으로 나를 부르는 넓은 바다

나도

당신처럼 넓혀 주시옵소서

나의 모든 삶이

당신과 함께 업혀 가게 하시옵소서…

네가 마지막으로 남긴 노래

우리 둘째가 사 달래서 함께 읽었던 '오늘 밤, 세계에서 이 사랑이 사라진다 해도'를 쓴 이치조마사키의 또 다른 작품 '네가 마지막으로 남긴 노래' 이 책은 우리 공주님이 사 달래서 함께 읽었는데 주인공의 이야기가 아빠의 삶에 반추되어 읽는 내내 주책없이 눈물이 앞을 가려 와 한참 만에 겨우 읽어 냈다

나의 선물이, 율하야?
정말로 고마워!

태어나 줘서.
아빠 딸이 되어 주어서..
정말 정말 고마워요...

사랑해요, 나의 공주님!

소풍

모진 이 세상이
아무리 날 욕하고 손가락질하더라도 후회는 없다

한 여자를 원 없이 사랑했고,
눈물겹게 사랑하는 내 세 아이의 아빠라는 타이틀만으로
도 가슴 벅차게 행복하다

그래, 이만하면 잘 살았다

이제 내 남은 인생,
빚진 인연들과 맺힌 한만 풀고 가자!

그래, 그렇게 가면 된다
그동안 분에 넘치도록 사랑받고 애쓰며 잘 살았다

에필로그

'반백 년을 허송세월로 살아왔다' 저 자신을 자책하고, 바뀌지 않는 더러운 세상만을 원망하며 살아오면서, 여러 번 죽을 결심도 하고, 죽을 고비도 넘기면서 이 자리까지 섰습니다.

그렇게 여러 번 죽다 살아나는 동안에 제가 사랑하는 세 아이에게 너무나도 큰 죄를 짓고 살아왔다는 사실을 뒤늦게 깨닫게 되면서 이제는 모든 걸 다 내려놓고 이 아이들만을 위해 살아가야겠다고 결심하고 마지막으로 펜을 들었습니다.

생각만으로도 울컥한 언젠가 존경했던 그분 말씀처럼, 이제 배턴은 후배들에게 물려줄 때가 온 듯합니다. 부디 제가 못다 이룬 꿈을 후배 여러분들께서 한 발짝만 더 앞으로 나아가 주시고, 제가 넘긴 그 무거운 배턴은 여러분의 후배들에게 또 물려주시면, 언젠가는 꼭 모든 이들이 행복한 좋은 세상이 펼쳐지지 않을까? 하는 미련한 꿈을 다시 꾸어 봅니다.

저의 부질없는 미련한 꿈에 너무나도 많은 상처를 주어 버린 사랑하는 나의 수민, 주환, 율하 세 아이와 이 세상 모든 아버지들께 이 시집을 바칩니다.

아버지의 기도

ⓒ 노회현, 2025

초판 1쇄 발행 2025년 2월 25일

지은이   노회현
펴낸이   이기봉
편집   좋은땅 편집팀
펴낸곳   도서출판 좋은땅
주소   서울특별시 마포구 양화로12길 26 지월드빌딩 (서교동 395-7)
전화   02)374-8616~7
팩스   02)374-8614
이메일   gworldbook@naver.com
홈페이지   www.g-world.co.kr

ISBN   979-11-388-4023-1 (03810)